ミラクルうまいさんと夏

8月のおはなし

令丈ヒロ子／作

原 ゆたか／絵

講談社

そのときぼくは、夕《ゆう》ごはんの前《まえ》で、めっちゃおなかがすいていた。それなのに、おつかいに行《い》かされていた。それも、ちくわとマヨネーズを買《か》うように、母《かあ》さんにたのまれたんや。

ぼくは、ちくわがすきでたまらない。

（ううっ。一本《ぽん》だけ食《た》べたらあかんやろか。）

ここで食《た》べてしまったら、めっちゃおこられる。

でも、ここにちくわがあると思《おも》っただけで、もう頭《あたま》の中《なか》が、ちくわのことでいっぱい。ほかのことなんか考《かんが》えられへん。

「あかん。もう、ほんまにあかん!!」

ぼくは、公園《こうえん》にとびこんだ。

あたりはもう暗《くら》くなっていて、
公園《こうえん》にはだれもいなかった。
砂場《すなば》の手前《てまえ》に立《た》ったまま、ふくろを
ぴりりっとやぶり、一本《ぽん》取《と》りだした。
スーパーから買《か》ってきたばかりで、
ひんやりしている。
「いただきまーす!!」
ちくわにかぶりつこうとしたそのとき。
さっと黒《くろ》いかげが、砂場《すなば》をよぎった。
「ん?」

顔《かお》をあげたが、
なにもない。ぼくは、
ちくわを持《も》っていないほうの
手《て》で、目《め》をこすったが、ただ、
はい色《いろ》の砂場《すなば》が広《ひろ》がっている
だけだ。気《き》を取《と》り直《なお》して
ちくわを持《も》ち直《なお》した。

ちくわがずっしりと重《おも》くなっていた。よく見《み》ると、中《なか》になにか黒《くろ》いものがつまっている。

ぼくは、ちくわの中身《なかみ》を、つめでかきだした。

じゃりじゃりとした、いやなかんしょくだ。

(こ、これは……まさか?)

「砂《すな》やないか!」

ぼくはショックといかりで、目《め》の前《まえ》が真《ま》っ赤《か》にそまった。

「どういうことや! だれがぼくの大事《だいじ》なちくわに砂《すな》なんかうめたんや!」

あわててふくろの中《なか》にのこっている三本《ぼん》の

ちくわを出《だ》してたしかめてみた。のこりの
ちくわは、だいじょうぶだったので、ほっとした。
「このちくわだけ、工場《こうじょう》の手《て》ちがいか
なんかで砂《すな》が入《はい》ってしもたんやろか？」
しかし、さっきふくろから出《だ》したときは、
そんなものは入《はい》ってなかったような気《き》がする。
「どうせ手《て》ちがいで、あなになんか入《はい》るん
やったら、チーズが入《はい》ってたらよかったのにな。
きゅうりか、明太子《めんたいこ》でもよかったな。それやったら、
うまっても、大《おお》よろこびやねんけどな。」
そうつぶやいたときだった。

夕《ゆう》やみに
つつまれた
砂場《すなば》の砂《すな》が、
むくむくっと動《うご》いた。
「うあっ！　なんや！」
思《おも》わず後《うし》ろにとびのいた。よく見《み》ると、砂《すな》が
動《うご》いたのではなく、真《ま》っ黒《くろ》なかげがそこに立《た》っていた。
「それ、ほんと？」
かげが、小《ちい》さな声《こえ》でしゃべってきた。
「そのうめ方《かた》だったら、うれしいの？」

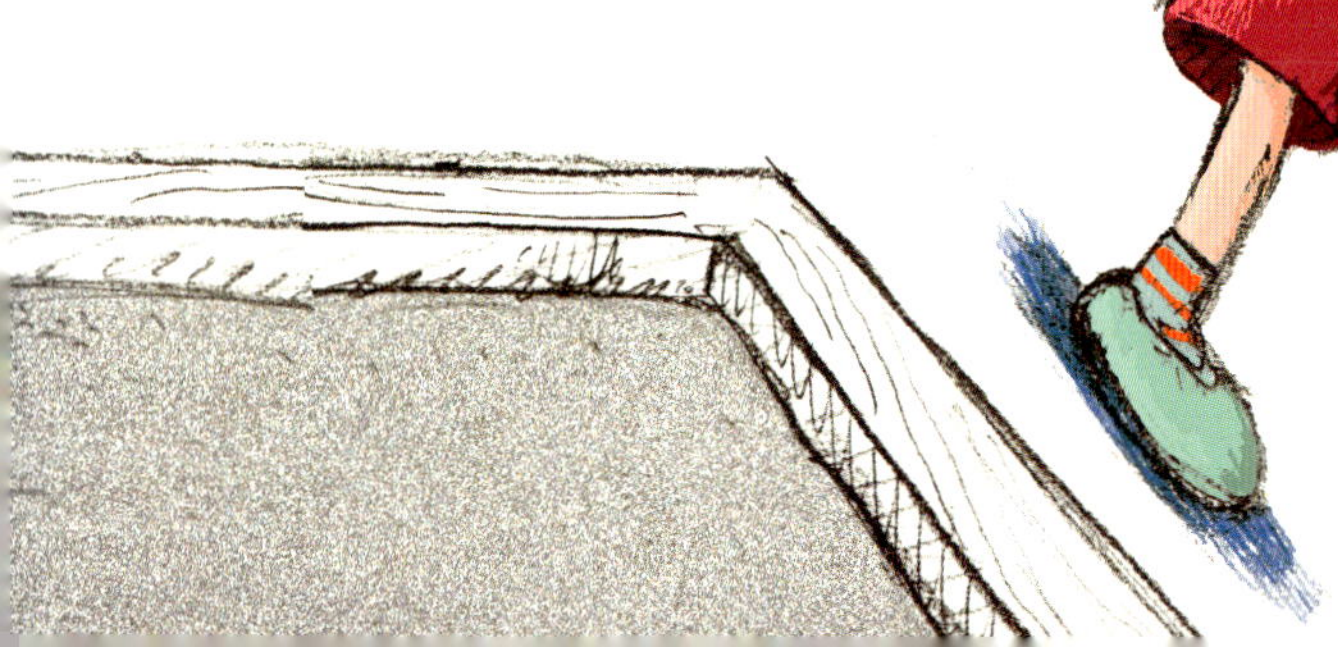

そいつはぬぼーっとした、全身《ぜんしん》が真《ま》っ黒《くろ》なすがたで、ぼそぼそとしたしゃべり方《かた》だった。

「あ、ああ。まあ、チーズときゅうりと明太子《めんたいこ》はうれしいな。ちくわによう合《あ》うねん。」

「じゃあ……、うめてあげるよ。」

言《い》い終《お》わると同時《どうじ》に、そのかげがかけよってきた。さっとかげが通《とお》りすぎたあと、

手《て》の中《なか》にあった三本《ぼん》のちくわには黄色《きいろ》と緑色《みどりいろ》と赤《あか》い色《いろ》のものが、きっちりつまっていた。

「ああ！　ほんまにチーズ・きゅうり・明太子《めんたいこ》でうまってて る！　きみ、ありがとう！」

ぼくは、とびあがって礼《れい》を言《い》った。

そして、三本《ぼん》ともあっという間《ま》に食《た》べてしまった。

「うまかったあ！　ほんまにありがとう！」

すると、そのかげがにこっと笑《わら》った……ようだった。

全身《ぜんしん》真《ま》っ黒《くろ》、顔《かお》も黒色《くろいろ》でよくわからないのだが、白《しろ》い歯《は》が少《すこ》し見《み》えたのだ。

「いや……。ちょっとうめただけでそんなによろこんでもらえるなんて、びっくりだよ。」

「きみ、すっごい、あなうめ上手《じょうず》やなあ。しゅっと走《はし》っただけで、こんな細《こま》かいとこにすきなもんうめられるなんて、ほんま、すごいで！」

「そ、そう？　たいしたことないよ……。」

かげは、てれたように頭《あたま》をかいた。

「たいしたことあるで！」

そんな話《はなし》をしていたら、

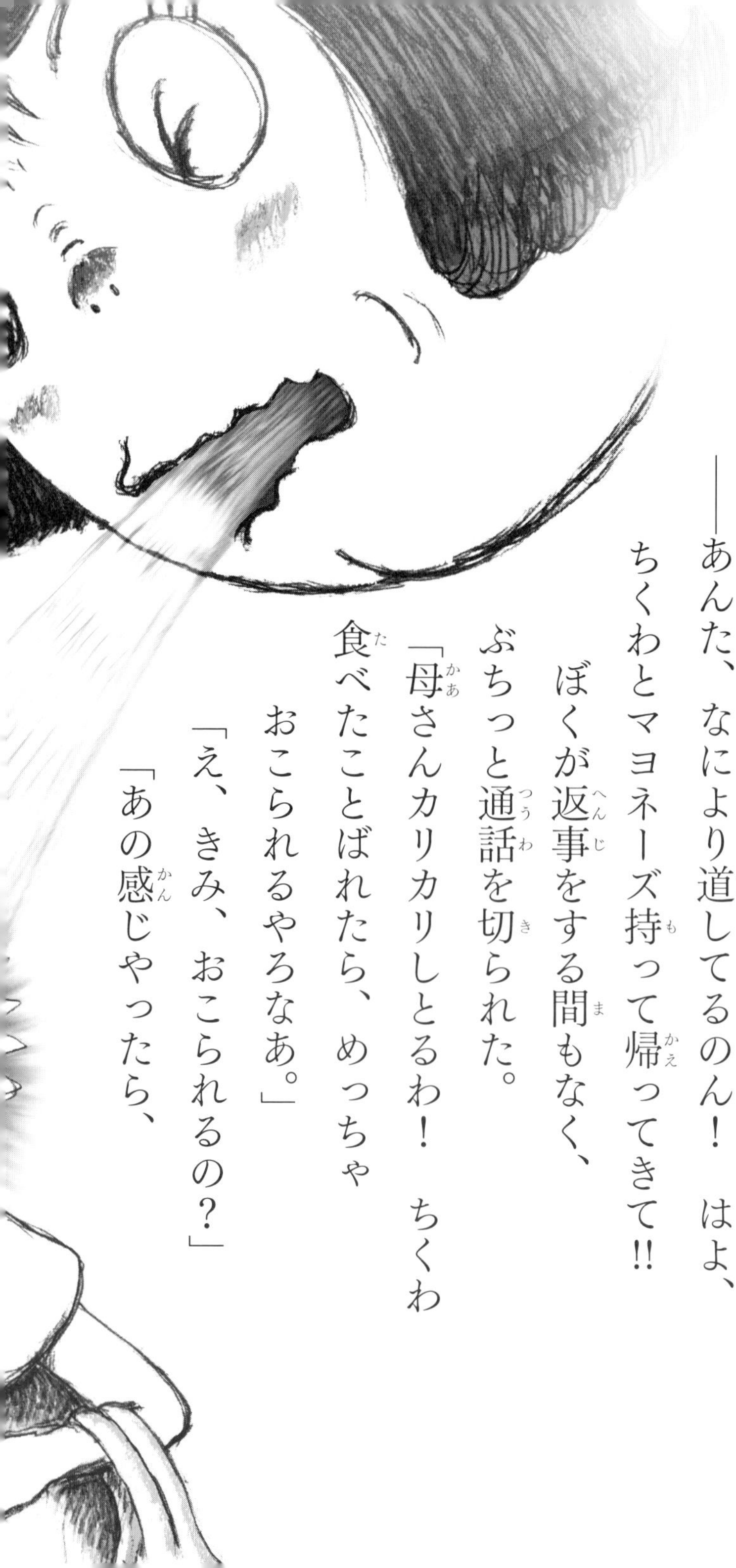

ポケットの中《なか》でケータイが鳴《な》った。家《いえ》からの電話《でんわ》だった。

「は、はい。」

――あんた、なにより道《みち》してるのん！　はよ、ちくわとマヨネーズ持《も》って帰《かえ》ってきて!!

ぼくが返事《へんじ》をする間《ま》もなく、ぶちっと通話《つうわ》を切《き》られた。

「母《かあ》さんカリカリしとるわ！　ちくわ食《た》べたことばれたら、めっちゃおこられるやろなあ。」

「え、きみ、おこられるの？」

「あの感《かん》じやったら、

もう決定《けってい》やな。」
「……ふうん。それはいけないね……。」
かげは、そう言《い》って、すうっと
すがたを消《け》してしまった。
「おーい、かげー！　あなうめくーん！」
砂場《すなば》のあたりによびかけてみたが、
かげはもうあらわれなかった。
もっと話《はな》したかったので、ぼくは
がっかりした。れんらく先《さき》ぐらい聞《き》きたかった。
（……て、言《い》うても、あいつ、ケータイとか持《も》って
なさそうやから、まあ、しゃあないか。）

マヨネーズだけをぶらさげて、家《いえ》に帰《かえ》った。

おずおずと台所《だいどころ》に行《い》くと、母《かあ》さんは流《なが》し台《だい》で、
なにかをざぶざぶとあらっていた。

「マ、マヨネーズとおつり、おいとくで……。」

そう言《い》って、母《かあ》さんがふりむかないうちに、
あとずさって台所《だいどころ》を出《で》ようとした、そのとき。

「きゃーっ、な、なにこれ！」

母《かあ》さんが、のけぞってさけんだ。

「どないしたんや！」

流《なが》し台《だい》にかけより、まな板《いた》の上《うえ》を見《み》て、
ぼくも声《こえ》をあげた。

そこには、

二つにわれたキャベツがあった。

キャベツの葉《は》のすきまにびっちり、
白《しろ》いものがつまっていた。

「キャ、キャキャベツの病気《びょうき》やろか!?」

「これって、ひょっとして……。」

ぼくはその白《しろ》いものを、
引《ひ》っぱりだした。

「母《かあ》さん、これ、ちくわや!

細切《ほそぎ》りにして、すきまをうめてるわ。」

「ええ？　ほんまに？」

ぼくはキャベツの葉《は》のはしっこと、

ちくわの細切《ほそぎ》りをちぎって食《た》べた。
「うまいわ。ちくわとキャベツって合《あ》うな。」
「もう、食《た》べるのやめ！
お母《かあ》さん、買《こ》うたスーパーに言《い》うわ！
こんなけったいないたずら、気持《きも》ち
悪《わる》いで!!」
「……ぼくはエエけどなあ。」
そう言《い》って、後《うし》ろをふりかえった。
ドアのむこうに、さっとかげが走《はし》った。
（やっぱり、あいつや！）
ぼくは、ろうかに出《で》て、よびかけた。

「おい、あなうめくん。ありがとうな！
おかげで、おこられるどころやなくなったわ。」
かいだんのわきのうす暗《ぐら》いところから、むくっと黒《くろ》いかげが立《た》ち上《あ》がった。
「なんだか、さわぎになってしまったみたいだね。ごめんよ。
ぼくは、ちくわをきみにあげたかっただけなんだけど……。」
「そうなんや！　それやったら、もとの

形《かたち》のまま、せんめん器《き》いっぱいにうめといてくれたらよかったかな！　それより、きみ、いろんなうめ方《かた》ができるんやなあ。器用《きよう》やなあ。」

「それほどでもないよ。」

「あのさ、ちょっとほかにも、うめてほしいもんあるんやけど、たのんでええか？」

「……いいよ。」

こころよく、あなうめくんがうなずいた。

ぼくは、かき氷《ごおり》でうまった
バスタブにとびこんで、かん声《せい》をあげた。
「ぼく、一回《かい》これやってみたかったんや！」
「へえ、氷《こおり》の中《なか》にとびこみたかったの？」
「テレビでお笑《わら》い芸人《げいにん》がときどきやってる
やん？　熱湯《ねっとう》ぶろでがまんしたあと、
かき氷《ごおり》の山《やま》にとびこむやつ。
夏《なつ》なんか気持《きも》ち
よさそうやなって

思《おも》っててん。

うめこんサンキュー！」

「うめこんって？」

「今決《いまき》めた、きみのあだ名《な》や。

あなうめくんでは、なんか、かたいやん。」

「ぼくのあだ名《な》……？」

ふろ場《ば》のすみで、おふろ用《よう》のプラスチックのいすにすわっていたうめこんは、よほどおどろいたらしく、目《め》を大《おお》きく開《ひら》いた。真《ま》っ黒《くろ》なひとみが、白目《しろめ》にかこまれて見《み》えた。

「ぼくのあだ名《な》か。それはとてもいいな。」

うめこんが、にっと目《め》を細《ほそ》めて笑《わら》った。

「ぼくのことは、そうたでエエよ。ほんで、うめこんは、いつからこんなことできるようになったんや？　とくべつなくんれん、したんか？」

「ううん。小《ちい》さいときから、てきとうに道《みち》の水《みず》たまりとか、あなぼことかうめてたけど。」

「そしたら、生《う》まれつきの才能《さいのう》っちゅうやつやなあ!!　いろんな友《とも》だちおるけど、こんなすごいとくぎのあるやつはおらんで。」

「そ、そうかな？　こんなの、べつに

すごくないと思《おも》うけど……。
なにかをうめて、きみみたいに
ほめてくれた人《ひと》もいないしさ……。」
うめこんの声《こえ》が、さみしそうになった。
ぼくは、だんだん、はがゆくなってきた。
こんなに親切《しんせつ》ないいやつで、すごいことが
できる子《こ》なのに、引《ひ》っこみじあんで自信《じしん》がない。
だから、どうも暗《くら》くておどおどしてる。
（うめこん、もっと自信《じしん》を持《も》てよ！）
そう言《い》いたかった。友《とも》だちには、もっと楽《たの》しく
元気《げんき》でいてほしい。

「うめこん、ぼく思《おも》うねんけど、アピールがたりんのんと
ちゃうか？」

「アピールがたりないって？」

「もっと世《よ》の中《なか》の人《ひと》に、うめこんのうめわざのすごさを
知《し》ってもらうんや。みんなきっとびっくりするで！」

「世《よ》の中《なか》に知《し》ってもらうって、どうやって？」

「それはいっしょに考《かんが》えよう。その前《まえ》に。」

ぼくは、氷《こおり》の山《やま》のてっぺんを、こぶしでなぐってボコッと
あなをあけた。

「このあなを、いちごシロップでうめてくれへん？

ついでに練乳《れんにゅう》も……。」

次《つぎ》の日《ひ》、コンビニの前《まえ》を通《とお》りかかったら、小学生男子《しょうがくせいだんし》たちが、なさけない顔《かお》でコンビニの前《まえ》にたまっていた。

夕《ゆう》ごはんの前《まえ》で、みんな、はらがへっているにちがいない。

でももうすぐごはんだから、おやつを
止《と》められているのだ。

ぼくは、そいつらの気持《きも》ちが、
とてもよくわかった。

そのとき、はっと
ひらめいた。

「うめこん。近《ちか》くにいるか？」

小声《こごえ》で、言《い》ってみた。

「ここにいるよ。足元《あしもと》見《み》て！」

うめこんの声《こえ》がした。見《み》ると、ぼくのかげが、むくっと動《うご》いて、やあと手《て》をあげた。

「そこにおったんか。ええこと思《おも》いついた。あいつらのポケットをうめてくれへんか？」

「いいよ。なにでうめる？」

「あのな……。」

三十秒《びょう》後《ご》。

ポケットに、あつあつのからあげが、いっぱいつまっている
ことに気《き》がついた男子《だんし》どもは、大《おお》さわぎになった。

「うおー！　からあげだ！」

「おれも！　すっげえ!!　なにこれ!!」

かん声《せい》をあげて、みんなはたちまち全部《ぜんぶ》食《た》べてしまった。

「めっちゃ、うまかったな！」

「ミラクルからあげやん！　最高《さいこう》や！」

こうふんして、わあわあよろこびあっている。

「うめこん、すごいウケてるぞ。」

ぼくは、うめこんに言《い》った。

「……この町《まち》じゅうの小学生男子《しょうがくせいだんし》のポケットに

からあげ、たのむ。そんなんできるか？」
「できると思《おも》うよ。」
うめこんが、あっさりとうなずいた。
その日《ひ》のうちに、「ミラクルからあげ」の
ことは、町《まち》じゅうの子《こ》どもに広《ひろ》まった。
「うめこん、今日《きょう》はおもしろかったな！」
うめこんも、ベッドの上《うえ》でひざを
かかえたまま、うれしそうにうなずいた。
「ゆかいだな。こんなあなうめだったら、
もっとやっていきたいよ。」
うめこんの真《ま》っ黒《くろ》いひとみがかがやいている！

（おお！　うめこんがやる気《き》になってる！）

「ようし、がんがんおもしろいことしていこか！　次《つぎ》、なにうめよか？」

その日《ひ》、ぼくはプールにいた。同《おな》じクラスのもっちゃんたちにさそわれたのだ。

話題《わだい》はもちろん、立《た》てつづけに起《お》こっている「ミラクルうまいもん事件《じけん》」のことだった。

「からあげもびっくりしたけど、リコーダーのふくろがふくれてるから、なにかと思《おも》ったらアメリカンドッグやったんは、笑《わら》ったで。」

「ランドセルのすきまに、肉《にく》まん、

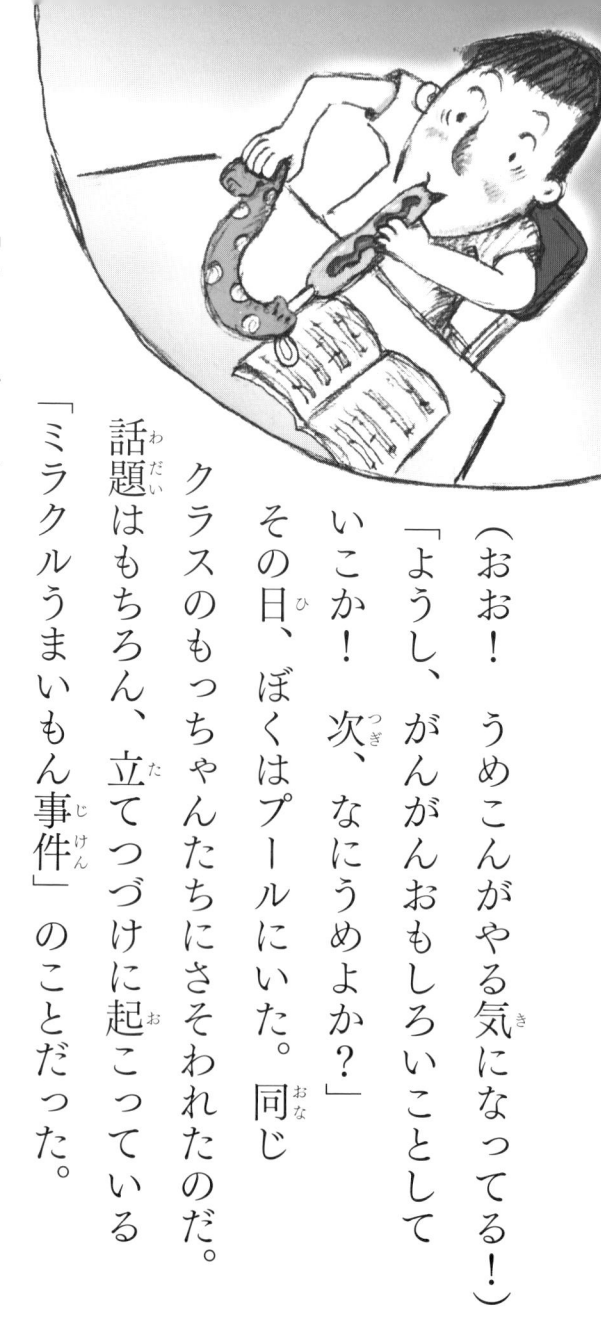

ピザまん、カレーまんがぎっしり
うまってたんは、感動《かんどう》したわ。ミラクル
うまいさんって、ほんま、わかってるよな!!」
思《おも》いきり肉《にく》まんを食《た》べるのがゆめだった

もっちゃんは、思《おも》い出《だ》すだけでも
幸《しあわ》せそうだった。

きせきのように、うまいものを、
いろんなすきまにうめてくれる
だれかのことを、いつからか
「ミラクルうまいさん」と
よんでいた。

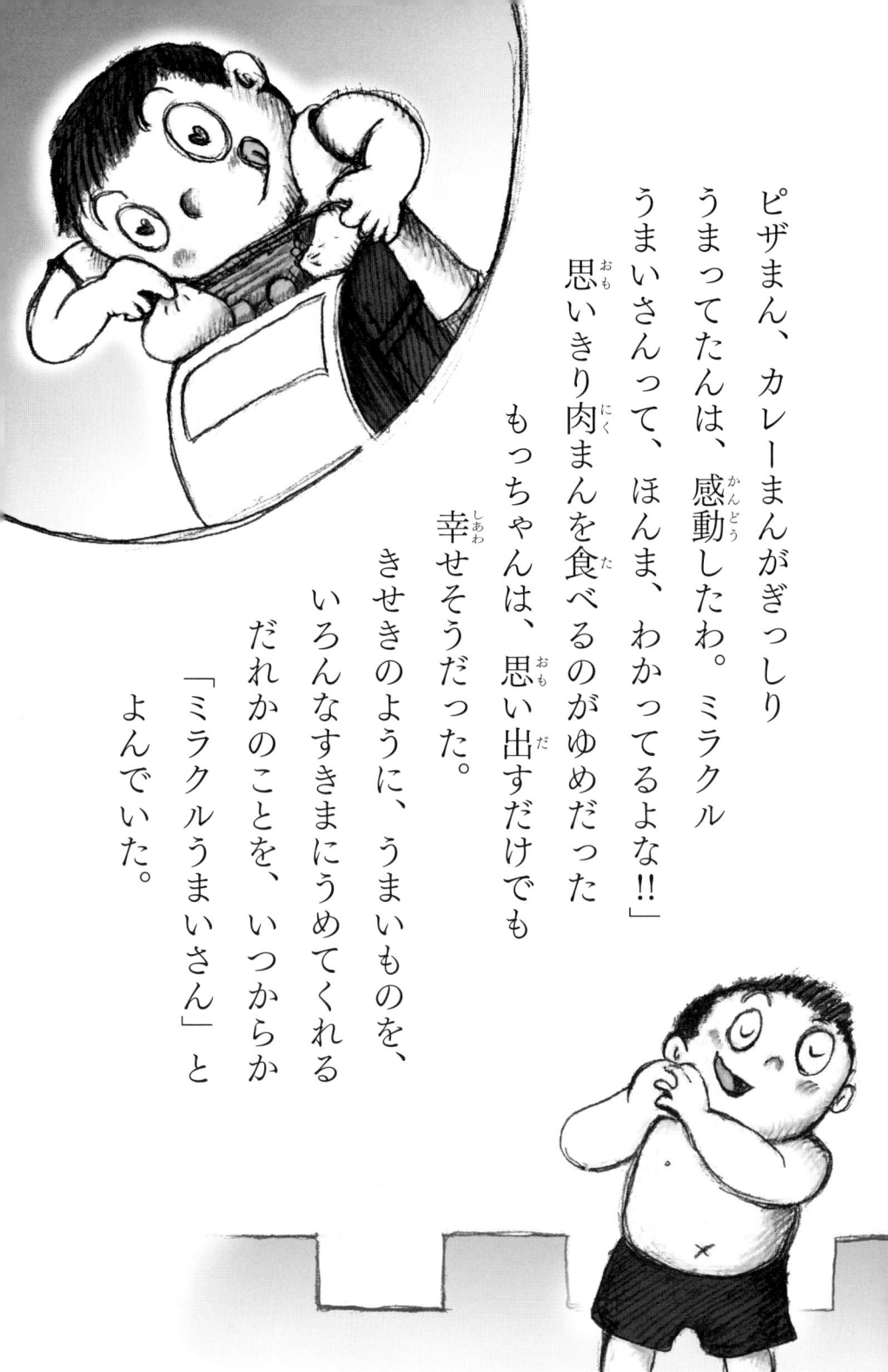

（へへへ、ミラクルうまいさんって、うめこんのことなんやで！　しょっちゅうぼくの部屋《へや》におるし、ごっついなかよしなんや！）

そう自《じ》まんしたいのを、ひっしでがまんした。

「あのさー、ミラクルうまいさんって、なんで男子《だんし》ばっかり、ミラクルを起《お》こすの？　そんなん、えこひいきやわ！」

ずいっ！　と、ぼくらの話《はなし》に入《はい》ってきたのは、同《おな》じクラスの天童《てんどう》まりかだった。

「そやけど、まりか。あげ物《もの》がポケットに入《はい》って、服《ふく》にとれへんしみがつくの、こまるで。」

「そういうしょうもないこと言《い》うから女子《じょし》には、

ミラクルが起《お》こらんのや。」

「わたし、それやったらチョコレートかキャンディーがエエわあ。それもふくろ入《い》りのやつ。」

「ミラクルうまいさんに注文《ちゅうもん》つけよる！

女《おんな》はあつかましいなあ!!」

プールサイドで男子《だんし》と女子《じょし》に分《わ》かれて、わあわあと言《い》いあいが始《はじ》まってしまった。

しかも、城野《しろの》ゆりかちゃん（クラスでいちばんかわいい！）が、こんなことを言《い》った。

「チョコレート大《だい》すき！　それやったら、いくらもらってもうれしいわあ。」

ぼくは、そーっとシャワー室《しつ》のかげにかくれて、うめこんに声《こえ》をかけた。

「うめこん。プール、うめてくれるか。チョコレートを山《やま》もりで。水《みず》でぬれたら、食《た》べられへんとか、女子《じょし》が言《い》うたらいかんから、ちゃんとビニールぶくろに入《はい》ったやつでな。」

　とつぜんあらわれた、プールいっぱいのチョコレートは、女子《じょし》にもたいへんよろこばれたのはいいが、夕方《ゆうがた》のテレビの

ニュースになった。

もっちゃんや、まりかがインタビューに答《こた》えて、「ミラクルうまいさん」について話《はな》したのも、日本《にっぽん》じゅうに放《ほう》えいされた。

「ミラクルうまいさんとは、いったいどういう人物《じんぶつ》で、なにが目的《もくてき》なんでしょうか？」

「いやあ、まったくわかりませんね。」

ニュースキャスターとコメンテーターが首《くび》をかしげて言《い》うのを見《み》て、

ぼくはばく笑《しょう》した。

「うめこん、これでいよいよ有名人《ゆうめいじん》やな！　せっかくやから、もっとみんながびっくりするような、でっかいあなうめせえへん？」

「でっかいあなうめって？」

「大《おお》きいものをうめるんや。どっかのホールとか野球場《やきゅうじょう》とか。

そうや東京《とうきょう》ドームは？」

ベッドの上《うえ》で、
うめこんは、
うつむいた。

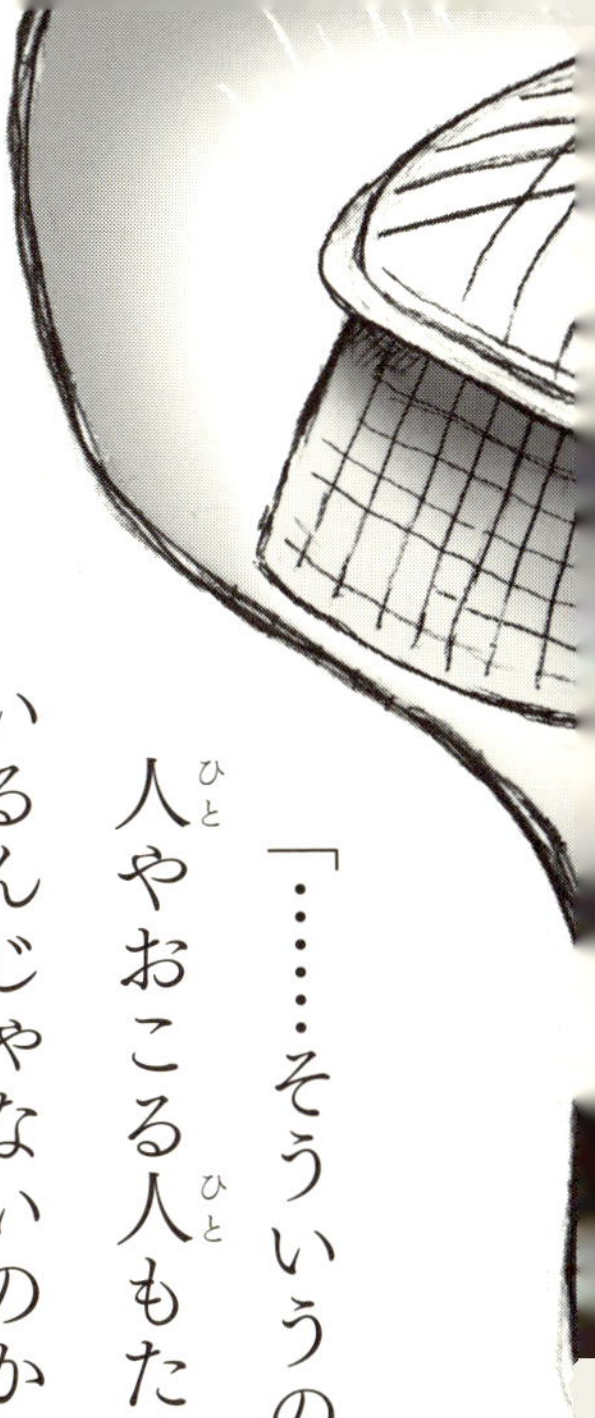

「……そういうのは、こまる人《ひと》やおこる人《ひと》もたくさんいるんじゃないのかな？」

「そらおるやろけど、エエやん。めっちゃウケるで！東京《とうきょう》ドームうめたら、ミラクルうまいさんは日本《にっぽん》じゅうの話題《わだい》になるやろな。わくわくするなあ！　なにでうめる？『うまいものでうめる』のを期待《きたい》されてるからな。」

「ぼくは、有名《ゆうめい》にはなりたくないよ。」

うめこんが、ふいに、はっきり言《い》った。

「なんで？　みんなによろこんでもらうあなうめを、どんどんやっていくんちゃうん？」

「その気《き》持《も》ちはかわってないけど、大《おお》さわぎされたり、有名人《ゆうめいじん》になりたいんじゃない。もともと、ぼくはかげの中《なか》に住《す》むものなんだ。」

「いまさらなにを言《い》うねん！」

ぼくは、むかついてきた。

「わかった、野球場《やきゅうじょう》みたいなでっかいもんをうめる自信《じしん》がないんやろ！」

「やろうと思《おも》えばできるさ！」

うめこんが、立《た》ち上《あ》がって言《い》い返《かえ》した。

「でも、いやなものはいやなんだ。」

「それやったら、ずっとだれも知《し》らんような、

道《みち》のあなぼこを地味《じみ》にうめとけや！」

「ぼくにさしずしないでくれよな！」

そう言《い》って、うめこんは、ベッドの下《した》のかげにもぐりこんで消《き》えた。

「なんやねん！　ぼくはうめこんに、どんどんすごいやつになってほしかったんやぞ！」

いきおいで、ベッドのあしをけってしまった。

「いて！　くそっ！」

じいんとしびれるつまさきをかかえて、ぼくはゆかにひっくりかえった。

うめこんがいなくなってから、毎日《まいにち》が、つまらなくなって
しまった。一日《いちにち》が長《なが》いし、なにをする気《き》も起《お》こらない。
（しまったなあ。うめこんとけんかする前《まえ》に、宿題《しゅくだい》の答《こた》えの
空《くう》らんを、うめてくれるようにたのんどいたらよかった。）
かっこもますも、真《ま》っ白《しろ》なワークブックにほおづえを
ついて、そんなことを考《かんが》えていたら、
いきなり母《かあ》さんがとびこんできた。
「そうちゃん。お父《とう》さんが休《やす》み取《と》れたから、
あした、みんなで海《うみ》に行《い》こう！」
「ええ？　海《うみ》？　海《うみ》なんか……。」
そんなん、どうでもいいと言《い》いかけたとき。

「さっき城野《しろの》さんのお母《かあ》さんに会《あ》ったのよ。」

「え。ゆりかちゃんのお母《かあ》さんに？」

ぼくは、母《かあ》さんのほうをふりかえった。

「あそこのお父《とう》さんも、あしたからお休《やす》みやねんて。それで城野《しろの》さん家《ち》もみんないっしょに、海《うみ》に行《い》こうかてことになったんやわ。」

「ふうん……。まあ、エエんちゃう？」

ゆりかちゃん一家《いっか》と、海《うみ》に行《い》くと思《おも》ったら、ちょっと元気《げんき》が出《で》てきた。


次《つぎ》の日《ひ》。

「お天気《てんき》いいねえ！」

真《ま》っ青《さお》な空《そら》、
わたがしみたいな白《しろ》い雲《くも》、
広《ひろ》い海《うみ》。
そこに、かわいいピンクの
水着《みずぎ》のゆりかちゃん！
むねがすかっとするような
光景《こうけい》だ。

「そうたくん、泳《およ》ぐの上手《じょうず》やろ？
ちょっと教《おし》えてくれへん？」
「ん、まあ、べつにエエけど。」
あさくて波《なみ》の来《こ》ないところで、
ゆりかちゃんに足《あし》の
動《うご》かし方《かた》を教《おし》えた。
「そうたくん、教《おし》えるのんうまいねえ。」
ゆりかちゃんに、にっこり笑《わら》って
そう言《い》われたら、もう、
たまらんうれしい。

「いやあ、今日《きょう》はエエ天気《てんき》で最高《さいこう》やなあ!!
海《うみ》って大《だい》すきやわ！　あはははは！」
(見《み》てみい。うめこんがおらんかっても、
ぼくはこんなに楽《たの》しく夏《なつ》をすごせるんや！)
じりじりてりつける太陽《たいよう》に、そう言《い》って
やりたい気分《きぶん》だった。
「そうちゃん。はりきんのは
エエけど、ちょっと日《ひ》かげで
休《やす》みなさいよ。」
母《かあ》さんが、きつめの
ぱっちぱちのヒョウがら

水着《みずぎ》であらわれた。本人《ほんにん》は、そう
いうデザインだと言《い》いはって
いるが、どうしてもそうは
思《おも》えない。

(うあ!
やっぱり、ぬいめのとこ、
やぶれてあながあいてるやん!)
　そのとき、

さっと黒《くろ》いかげが走《はし》った。

「ん？」

目《め》をこすると、水着《みずぎ》のあながうまっているではないか！　ぼくは、顔《かお》をよせて、うまった水着《みずぎ》のあなをじいっと見《み》た。

「な、なんやの？　じろじろ見《み》て！」

母《かあ》さんが、いぶかしげに聞《き》いてきた。

「い、いや、りっぱなヒョウやなあって思《おも》って。頭《あたま》から食《く》われそうやな。ははは。」

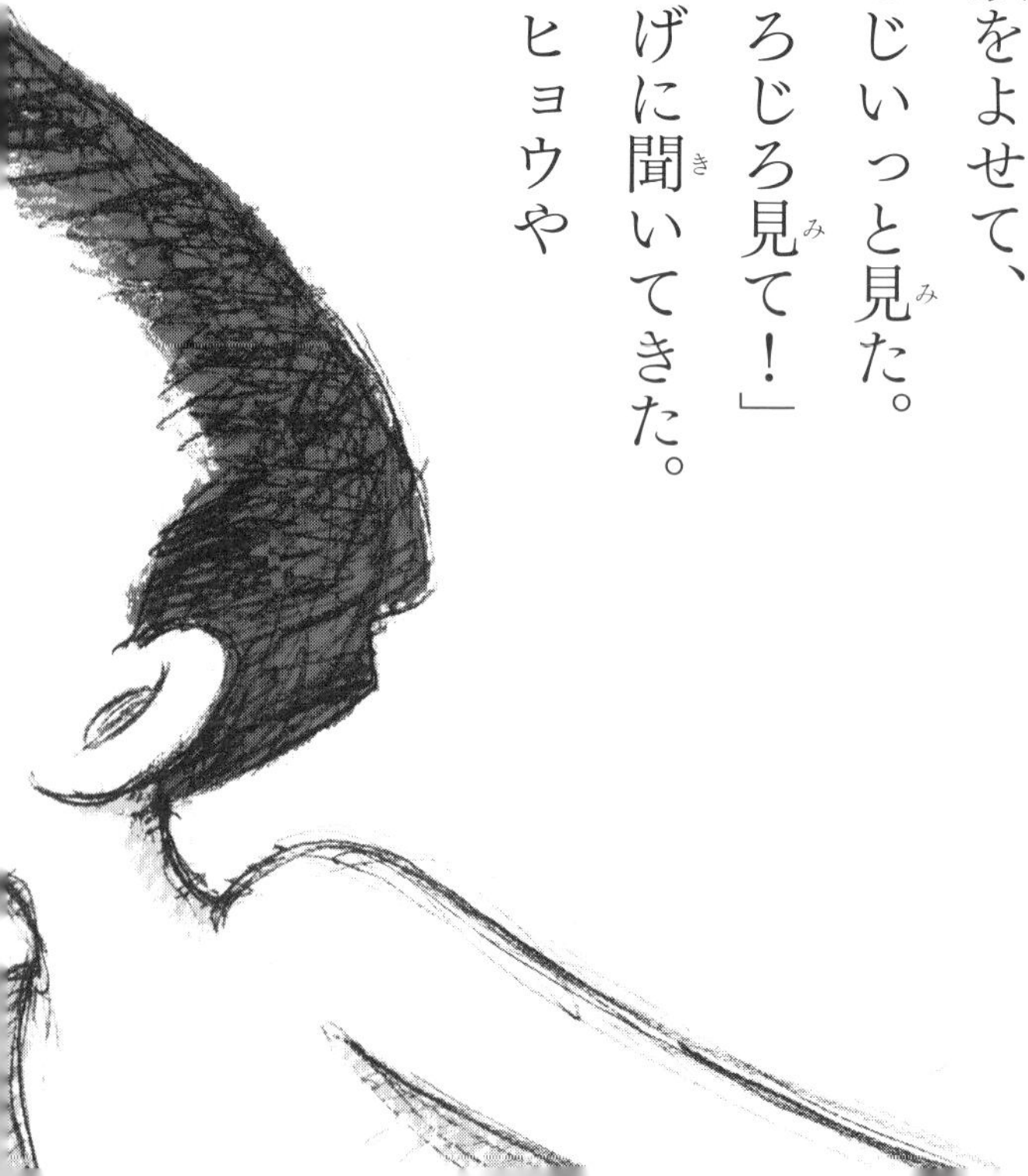

これは、ぜったいに
うめこんのしわざだ。

（あいつ、ついてきてたんやな！）

ぼくは、ちらっと砂《すな》はまに落《お》ちるパラソルのかげを見《み》た。ちょっとだけ出《で》ていた手《て》のかげが、しゅっと引《ひ》っこんだ。まちがいない。うめこんは、
そこに
いる。

「あー、楽《たの》しいなあ！」

ぼくは、聞《き》こえよがしに大声《おおごえ》でさけんだ。

「やっぱり、夏《なつ》は太陽《たいよう》の下《した》で遊《あそ》ぶのんがエエわ！　日《ひ》かげで、じーっとしてるやつの気《き》が知《し》れんわ！　ぼく、泳《およ》いでくる！」

「ちょっと、そうた！」

母《かあ》さんがよびとめるのをふりきって、そのまま走《はし》って海《うみ》にとびこんだ。

（なんやねん。自分《じぶん》から、どっか行《い》っといて。母《かあ》さんの水着《みずぎ》のあなうめて、それでぼくのきげんとってるつもりなんかい！）

急《きゅう》にはらがたってきた。

本当《ほんとう》のことを言《い》えば、うめこんが消《き》えてから、ずっとうめこんのことばかり考《かんが》えていた。うめこんの気持《きも》ちを考《かんが》えないで、自分《じぶん》のすきなうめ方《かた》をさしずした、ぼくが悪《わる》かったと思《おも》った。あやまろうとしてよんでも、やつは来《こ》なかった。

それで、もう二度《にど》と会《あ》えないのかとも思《おも》った。ぼくにとっては、すごく暗《くら》い、あなにはまっていたような三日間《みっかかん》だったのだ。

(あいつのことなんか、もう知《し》らんわ!)

すると、

海《うみ》のそこのほうから、
ゆらゆらっとコンブ
みたいな黒《くろ》いかげが
あらわれて、ぼくの
はらの下《した》のほうから
話《はな》しかけてきた。

「そうた、あのさ……。」

「今《いま》、ぼくは泳《およ》ぐのにいそがしいんや！」

「ごめん。話《はな》すきっかけがなかなかつかめなくてさ。一人《ひとり》でいろいろ考《かんが》えてたんだよ。」

「……なにをや！」

「ぼくが本当《ほんとう》にやりたい、あなうめについてだよ。心《こころ》からみんなによろこんでもらえる、いいあなうめってどんなものだろうって。」

ぼくは、またどうしようもなくはらがたった。

（……ぼくはうめこんに二度《にど》と会《あ》われへんのかとか、ずっと考《かんが》えてたのに、そっちはそんなのんきなこと、考《かんが》えてたんか。くそっ！）

「うめこん、どアホ！」

わめきながら、ざばざば泳《およ》いだ。

「もう、どっかに永遠《えいえん》に消《き》えてしまえ！」

しいん、と、あたりがしずまりかえったような気《き》がした。うめこんはなにも答《こた》えなかった。そして海《うみ》の中《なか》でゆらいでいたかげが、すっと消《き》えた。

（うめこん……、ほんまに消《き》えよった！）

むねがさされたように、ずきっといたくなった。

手足《てあし》が急《きゅう》に、なまりみたいに重《おも》くなり、動《うご》かなくなった。

さっきから、あらくなってきていた波《なみ》が、まともに顔《かお》にぶつかり、水《みず》が鼻《はな》と口《くち》にごぼっと入《はい》ってきた。

（うあ……。目《め》の前《まえ》が暗《くら》くなってきた……。）

うめこんにひどいことを言《い》ったバチがあたったんか？

そう思《おも》いながら、ぼくは海《うみ》のそこに引《ひ》きずられるように、しずんでいった……。

目《め》をさましたとき、いちばんに目《め》に入《はい》ったのが、せまりくる、でっかいヒョウだった。

（く、食《く》われる！）

びびって、うわっと声《こえ》をあげたら、

「あ、そうちゃん！　気《き》がついた⁉」

母《かあ》さんが、泣《な》き顔《がお》でとびついてきた。

（なんや、母《かあ》さんの水着《みずぎ》のがらか……。）

あたりを見回《みまわ》すと、ぼくは砂《すな》はまのパラソルのかげにねかされていた。大人《おとな》にまじって、心配顔《しんぱいがお》のゆりかちゃんも見《み》えた。

「だから、日《ひ》かげで休《やす》みなさいって言《い》うたでしょ！

あんた、おぼれかけたんよ！」

「そうたはたぶん、熱中症《ねっちゅうしょう》や。今《いま》から病院《びょういん》につれていくぞ。

そのへんのもんかたづけて、すぐに出《で》られる用意《ようい》しとけ。」

父《とう》さんが母《かあ》さんに言《い》った。

「ぼく、おぼれたん？」

「そうや。見《み》てたら急《きゅう》に様子《ようす》が
おかしなって、海《うみ》にしずんだんや。」

「だれか助《たす》けてくれたん？」

「だれか……それはちょっと不明《ふめい》や。」

父《とう》さんが、こまった顔《かお》をした。

「不明《ふめい》って？」

「起《お》きられるか？　見《み》たほうが早《はや》いわ。」

父《とう》さんに言《い》われて、ぼくは体《からだ》を起《お》こした。

「うわ……あれ、なに？」

青《あお》いはずの海《うみ》が一面《いちめん》、茶色《ちゃいろ》と白《しろ》のまだらになっていた。砂《すな》はまにいる、おおぜいの人《ひと》たちがわああさわいで、写真《しゃしん》をとったり、ケータイでメールを送《おく》っている。

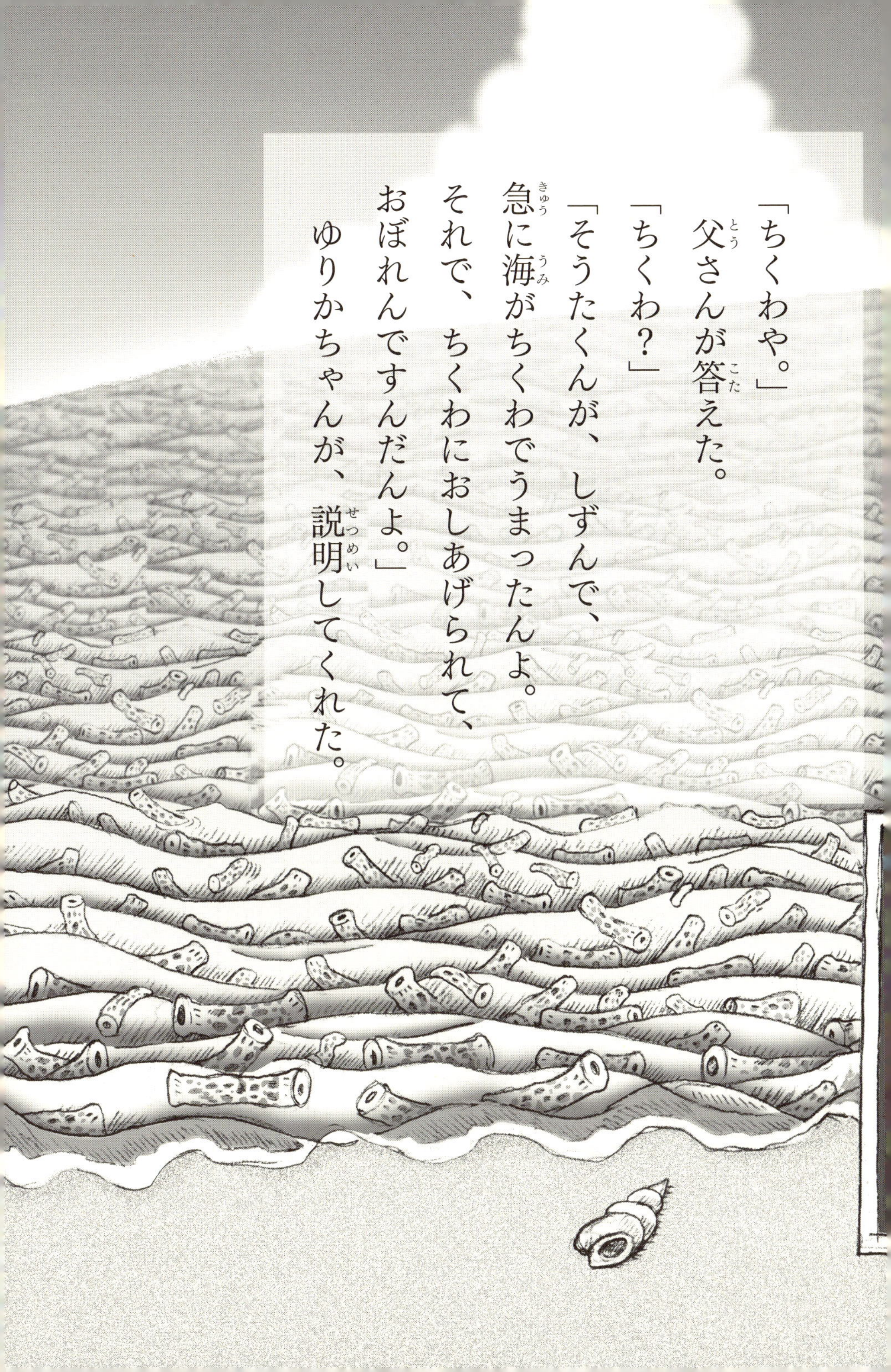

「ちくわや。」

父《とう》さんが答《こた》えた。

「ちくわ？」

「そうたくんが、しずんで、
急《きゅう》に海《うみ》がちくわでうまったんよ。

それで、ちくわにおしあげられて、
おぼれんですんだんよ。」

ゆりかちゃんが、説明《せつめい》してくれた。

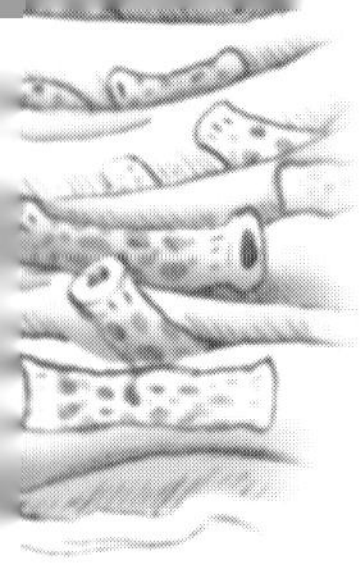

「きっと、ミラクルうまいさんが助《たす》けてくれはってんわ。」

「だれや、それ？」

父《とう》さんがゆりかちゃんにたずねた。

「おじさん、知《し》らへん？　ミラクルうまいさんって、こまってる子《こ》にはおいしいもんくれはんねんよ。子《こ》どもの神様《かみさま》やってうわさやよ。」

父《とう》さんは、うーんとうで組《ぐ》みしてうなった。

「子《こ》どもの神様《かみさま》ねえ。それで、助《たす》けてくれはったんか……。て、なんでちくわやねん。」

「……それはきっと、ぼくがちくわが大《だい》すきって知《し》ってるからや。」

「そやね。まちがいないわ。」
ぼくとゆりかちゃんは、ちくわの海《うみ》を見《み》ながら、うなずきあった。
(うめこん、おまえ、どうする？　有名人《ゆうめいじん》どころか、神様《かみさま》になってしもたやないか。)
そう言《い》って、いっしょに笑《わら》いたかったが、うめこんらしいかげを見《み》つけられないままに、ぼくは病院《びょういん》につれていかれた。

その夜《よる》、ぼくは早《はや》めにねかされていた。病院《びょういん》から帰《かえ》ってきたら、気分《きぶん》はかなりよくなっていたし、夕《ゆう》ごはんもたくさん食《た》べた。

本当《ほんとう》は、近所《きんじょ》である花火大会《はなびたいかい》に行《い》きたかったのだが、さすがにそれはダメだと言《い》われた。

ぼくは、いったんねたふりをして、母《かあ》さんがいなくなってから起《お》き上《あ》がった。

「うめこん。助《たす》けてくれてありがとうな。」

すると、部屋《へや》のすみでうずくまっていたうめこんが、はっと顔《かお》をあげた。

「ぼくがここにいるの、気《き》づいてたのか。」

「うめこんのおるかげは、黒光《くろびか》りしてるからな。それにしても、目立《めだ》ちたくないわりには、はでなことやったな！　さっき、ちくわの海《うみ》、アメリカのニュースにも流《なが》れてたぞ。」

「とっさに、どうしていいかわからなくてさ。あせったら、ちくわが頭《あたま》にうかんじゃって。」

「人《ひと》をよろこばせるエエあなうめで、目立《めだ》たず有名《ゆうめい》にならず……っていうにはまだまだやな。」

「そうなんだ。だからぼく、もっと勉強《べんきょう》しようと思《おも》って、あなうめ修行《しゅぎょう》の旅《たび》に出《で》るよ。」

うめこんがきっぱりそう言《い》ったので、ぼくはびっくりした。

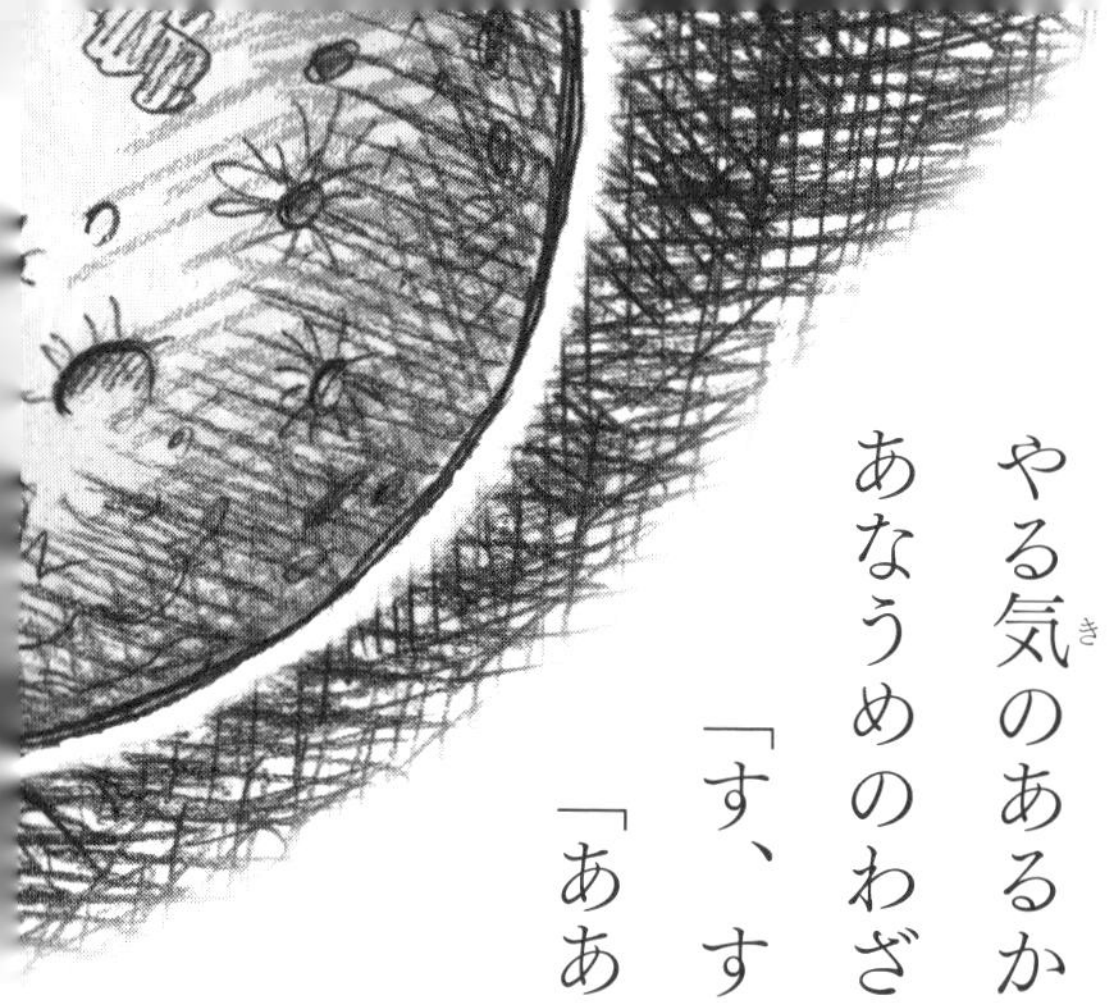

「修行《しゅぎょう》の旅《たび》!?　どこに？」

「月《つき》さ！」

うめこんが、まどのむこうの夜空《よぞら》を指《ゆび》さした。

「月《つき》!?」

「でっかいクレーターがたくさんあるだろ。やる気《き》のあるかげは、そこに集《あつ》まって、あなうめのわざをみがくんだ。」

「す、すぐに行《い》くんか？」

「ああ。だまって
いなくなって、永遠《えいえん》のおわかれなんて
いうのはいやだから、来《き》たんだ。」

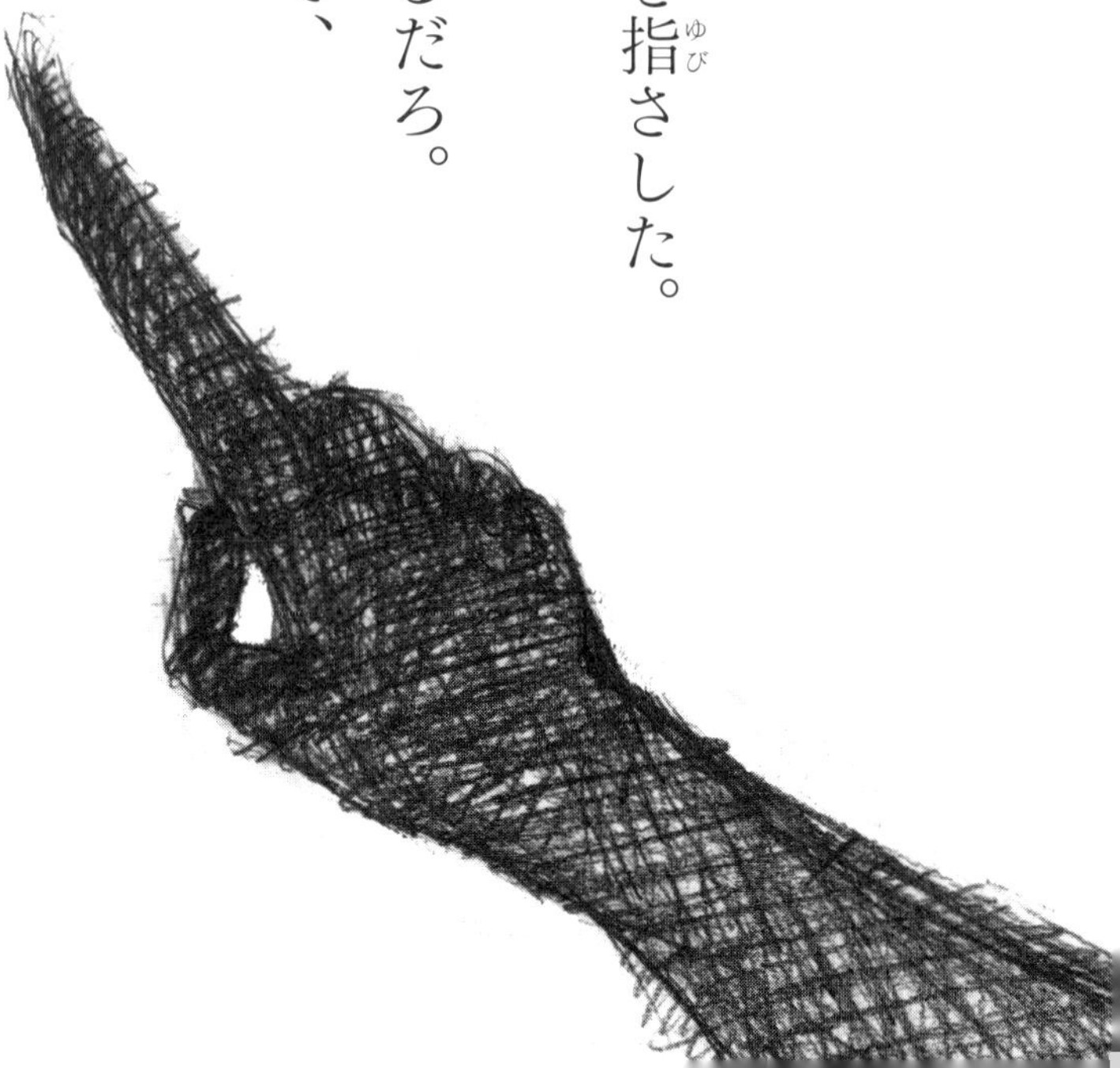

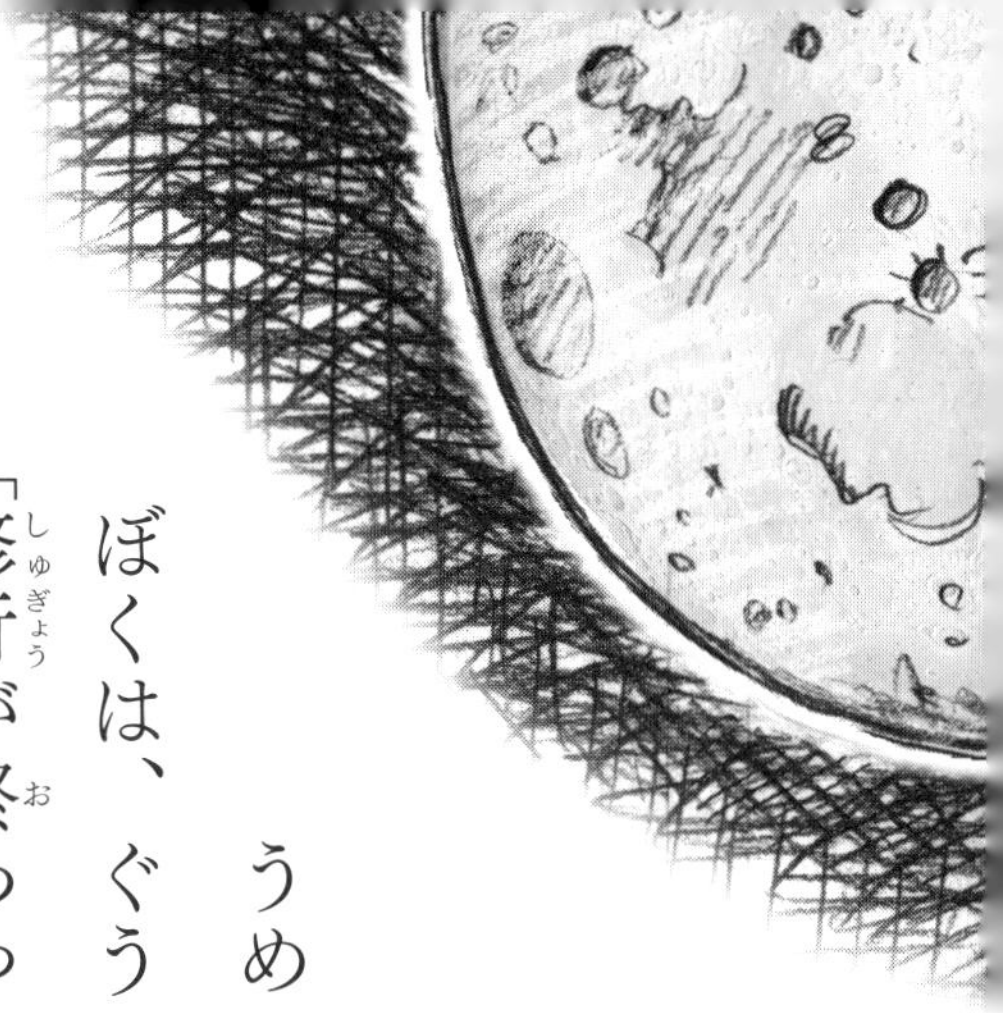

うめこんのぱちっと大《おお》きく開《ひら》いた目《め》は、とてもきれいにすんでいた。

(うわ、ひとみがきらきらしてる!

うめこん、めっちゃ、やる気《き》なんや……。)

ぼくは、ぐうっとむねがあつくなった。

「修行《しゅぎょう》が終《お》わったら、また会《あ》えるやろ?」

「いつになるかわからないんだ。月《つき》の修行《しゅぎょう》はきびしいから、なかなか帰《かえ》れないらしい。」

「……そうか。がんばってくれよ。『ミラクルうまいさん』は子《こ》どもの神様《かみさま》やって、みんなしんじてるしな。」

「『ミラクルうまいさん』は、ぼく一人《ひとり》じゃない。

そうたとぼくと二人《ふたり》で『ミラクルうまいさん』だったんだ。」

うめこんが、ぼくの手《て》をぐいっとにぎった。

ひんやりとしていたが、力強《ちからづよ》い手《て》だった。

「だから、最後《さいご》に一回《かい》だけ、『ミラクルうまいさん』をやらないか？」

「うめこん、それ本気《ほんき》か？」

「ああ。ぼくらのあなうめをよろこんでくれたみんなに、おわかれのあなうめを見《み》せてあげたい。それもうんと、はでではでにぎやかなやつをね。」

「……うめこん、おまえ、たまには、おもろいこと言《い》うやないか！」

ぼくはうめこんの手《て》を、思《おも》いきりきつくにぎりかえした。

「やろか！」

「ああ。」

おおいに笑《わら》っているらしい、うめこんの
白《しろ》い歯《は》がずらっとおくまで見《み》えた。

「……もしもし、ゆりかちゃん。おそい時間《じかん》にごめんな。」
——そうたくん！　もうだいじょうぶなん？
「うん、もう平気《へいき》や。あのな、さっきねてたら
ミラクルうまいさんがゆめに出《で》てきてな、
ぼくらに、今日《きょう》の花火大会《はなびたいかい》を見《み》に来《き》てくれって。」

——えっ！　そうなん？　それはぜったい
行《い》くわ！　そうたくんは、来《こ》られるの？

「実《じつ》はもう家《いえ》ぬけだして、会場《かいじょう》に来《き》てるんや。

川《かわ》べからはなれたとこの、でっかい
大《おお》クスノキわかる？　その木《き》の下《した》におる。」

——わかった！　すぐに行《い》くわ。

ぼくがケータイをしまうと、うめこん
が、すうっと立《た》ち上《あ》がって言《い》った。

「あとはゆりかちゃんを待《ま》つだけだね。」

「え、じゃあ、もううめてきたのか？」

「ああ、全部《ぜんぶ》、うめてきたよ。」

「ええ？　す、すばやいなあ！　そんなんできるぐらいやったら、もう修行《しゅぎょう》せんでもエエんとちゃうんか？」

「そういうわけにはいかないよ。もう、花火大会《はなびたいかい》が始《はじ》まるな。ゆりかちゃんによろしく。」

「うめこん、見《み》ていかへんの？」

「空《そら》から見《み》てるよ。じゃ、またな。」

うめこんは、よくしげっている大《おお》クスノキのえだの間《あいだ》に、しゅっと消《き》えた。

「そうたくん！」

ゆりかちゃんが、息《いき》を切《き》らして、木《き》のかげからあらわれた。

どおおおー

「間《ま》にあってよかった。花火《はなび》、上《あ》がるぞ！」
しゅるしゅるっと、花火《はなび》が夜空《よぞら》に上《あ》がった。

地《ち》のそこから、はらに
ひびく音《おと》がして、
ぱあっと、大《おお》きな
花火《はなび》が広《ひろ》がった。
「わあ、きれい！」
ゆりかちゃんが、かん声《せい》をあげた。
花火《はなび》は、花《はな》の形《かたち》に開《ひら》いたと思《おも》ったら、
どんどん夜空《よぞら》に広《ひろ》がっていった。
「うわあ、大《おお》きいねえ。
……あ、あれ？」

花火《はなび》といっしょに、金色《きんいろ》のものが点々《てんてん》と、水玉《みずたま》もようのように空一面《そらいちめん》に広《ひろ》がった、かと思《おも》ったら、ばらばらっと頭《あたま》の上《うえ》に落《お》ちてきた。

手《て》のひらでうけとめた、金色《きんいろ》のつつみ紙《がみ》のキャンディーやチョコレートを見《み》て、ゆりかちゃんが目《め》を丸《まる》くした。

「これ、ミラクルうまいさんのプレゼントやね！　きゃあ！」

川《かわ》べで花火《はなび》を見《み》ていたおおぜいの人《ひと》たちも、

おかしの雨《あめ》にわあっと声《こえ》をあげた。

どーんと次《つぎ》の花火《はなび》が打《う》ち上《あ》がった。

今度《こんど》は赤《あか》い花《はな》が開《ひら》いて、ぱらぱらっと
またなにか丸《まる》いものがふってきた。

「きゃあ、今度《こんど》はたこやきやわ！」

「食《く》ってみたら？　うまいで！」

「でも、ソースとかマヨネーズが……。」

ゆりかちゃんが言《い》うのが聞《き》こえたみたいに、
小《こ》ぶくろ入《い》りマヨネーズとソース、
そして青《あお》のりもふってきた。

それから、

ずっと、うまいもん花火《はなび》はつづいた。

クッキー、ゼリー、プリンにおだんご、ポップコーン。ほねつきチキンにゆでたえだまめは、ビールかた手《て》のおじさんたちにウケていた。

おかしにまじって、ゆるキャラのぬいぐるみをふらせたのは、小《ちい》さい子《こ》によろこばれた。

会場《かいじょう》にいる全員《ぜんいん》が、大人《おとな》も子《こ》どもも、次《つぎ》はなにが打《う》ち上《あ》げられるのか、わくわくして、笑顔《えがお》で空《そら》を見上《みあ》げていた。

今夜《こんや》、日本《にっぽん》で行《おこな》われている花火大会《はなびたいかい》は、すべて、
ミラクルうまいもん花火《はなび》になっているはずだ。
すべての花火《はなび》を、今夜《こんや》、きっと同《おな》じような笑顔《えがお》で、
みんなが見上《みあ》げている。
(空《そら》から見《み》たら、いっぱいの笑顔《えがお》を見《み》られて、
うめこん、うれしいやろな。)

どおおーん!

ひときわ大《おお》きな音《おと》がして、最後《さいご》の花火《はなび》が上《あ》がった。

今度《こんど》は、うまいもんはふってこなかった。

花火《はなび》が、花《はな》の形《かたち》ではなく、「サヨナラ」という文字《もじ》になって、やみにうかびあがった。

ぼくもゆりかちゃんも、息《いき》をのんでその文字《もじ》が、ぱらぱらっと消《き》えていくのを見《み》つめた。

(今《いま》はさよならや！　うめこん。)

「ミラクルうまいさん、行《い》ってしもた……。」

ゆりかちゃんが、悲《かな》しそうに言《い》った。

「また、いつか来《く》るって。」

「そうたくんに、ゆめで
そう言《い》いはったん？」

「うん。そう言《い》うてたよ。」

「ほんなら、よかった。」

ゆりかちゃんが、ほっとしたように
笑《わら》った。そして「ミラクルうまいさん、
ありがとうございます！」と、
空《そら》に向《む》かって手《て》を合《あ》わせた。

葉月《はづき》
オーガスト
August

8月のまめちしき

「8月」にちょっぴりくわしくなる
オマケのおはなし

夏《なつ》の風物詩《ふうぶつし》、花火大会《はなびたいかい》

そうたとうめこんのわかれの場所《ばしょ》となったのは、花火大会《はなびたいかい》でしたね。花火大会《はなびたいかい》は日《にっ》本《ぽん》全国《ぜんこく》で行《おこな》われ、真夏《まなつ》の夜空《よぞら》をはなやかにいろどります。

花火《はなび》のさまざまな色《いろ》は、どうやって出《で》るのでしょうか？　鉄《てつ》をとてもあつくすると、赤《あか》くなりますよね。金《きん》ぞくがもえるときには、その元素《げんそ》によって、ちがう色《いろ》にかがやきます。赤《あか》はストロンチウム、オレンジはカルシウム、青《あお》は銅《どう》、黄《き》はナトリウム。花火《はなび》は、金《きん》ぞくのそういうせいしつを利用《りよう》して作《つく》られるのです。

花火《はなび》のかけ声《ごえ》「たまや、かぎや」って、なに？

これは江戸時代《えどじだい》の花火店《はなびてん》の名前《なまえ》です。両国《りょうごく》の川開《かわびら》き（いまの隅《すみ》田川花火大会《だがわはなびたいかい》）で、花火《はなび》の美《うつく》しさをきそいあった花火店《はなびてん》の名前《なまえ》を、江戸時代《えどじだい》の人《ひと》たちはかけ声《ごえ》にして、花火大会《はなびたいかい》をもりあげました。みなさんも花火大会《はなびたいかい》を見《み》にいったとき、「たまや～」「かぎや～」と声《こえ》を出《だ》したら、楽《たの》しいかもしれませんね。

夏《なつ》の行事《ぎょうじ》、おぼん

なくなった先祖《せんぞ》のみたまを家《いえ》におむかえして、くようするための行事《ぎょうじ》が、おぼんです。

先祖《せんぞ》のみたまをおむかえするときは、むかえ火《び》を、お送《おく》りするときは、送《おく》り火《び》をたきます。

ぼんおどりは、帰《かえ》ってきてくれた先祖《せんぞ》やなくなった人《ひと》のみたまをなぐさめて、あの世《よ》によろこんで帰《かえ》ってもらうためにおどります。徳島《とくしま》の阿波《あわ》おどりや沖縄《おきなわ》のエイサーも、ぼんおどりなんですよ。

夏《なつ》になると、おばけが出《で》る？

なんでもうめてしまう、うめこん。あまりこわくはないけれど、おばけなのかもしれません。日本《にっぽん》には、むかしか

らいろいろなおばけがいると、しんじられてきました。首《くび》がのびちぢみするろくろっ首《くび》や、きゅうりが大《だい》すきなかっぱなどが有名《ゆうめい》ですね。

みなさんは、きもだめしをしたことがありますか？　木《き》のみきや風《かぜ》でゆれる草《くさ》がおばけに見《み》えたりして、せすじがこおるような体験《たいけん》をしたことがあるかもしれませんね。これも、夏《なつ》の暑《あつ》さをわすれるための風習《ふうしゅう》なのです。

ゆうれいの　正体見たり　かれ尾花

かれたススキの穂《ほ》がしっぽににているので、かれ尾花《おばな》といわれています。こわいゆうれいに見《み》えたのが、じつはかれたススキの穂《ほ》だった……ということから、正体《しょうたい》を知《し》れば、たいしたことはなかったというたとえです。

令丈ヒロ子｜れいじょうひろこ

1964年、大阪府生まれ。講談社児童文学新人賞に応募した作品で注目され、作家デビュー。青い鳥文庫「若おかみは小学生！」シリーズ（講談社）が小学生に圧倒的な支持を受けている。ほかの作品に『メニメニハート』『パンプキン！模擬原爆の夏』（以上、講談社）、『強くてゴメンね』（あかね書房）、「笑って自由研究」シリーズ（集英社）、「S力《エスりき》人情商店街」シリーズ（新潮文庫）などがある。

原 ゆたか｜はら ゆたか

1953年、熊本県生まれ。1974年KFSコンテスト・講談社児童図書部門賞受賞。1987年に第1巻を刊行した「かいけつゾロリ」シリーズ（ポプラ社）は、25年をこえて子どもたちに愛されつづけ、累計発行部数3200万部以上を誇る大ヒット児童図書になっている。ほかに、「プカプカチョコレー島《とう》」シリーズ（あかね書房）、「日本のおばけ話・わらい話」シリーズ（岩崎書店／木暮正夫・文）など著書多数。

装丁／坂川栄治＋永井亜矢子（坂川事務所）
本文 DTP ／脇田明日香

8月《がつ》のおはなし

ミラクルうまいさんと夏《なつ》

2013 年 6 月 25 日　第 1 刷発行
2018 年 2 月 9 日　第 2 刷発行

作　令丈《れいじょう》ヒロ子《こ》
絵　原《はら》 ゆたか
発行者　鈴木 哲
発行所　株式会社講談社
〒 112-8001 東京都文京区音羽 2-12-21
電話　編集 03-5395-3535　販売 03-5395-3625　業務 03-5395-3615
印刷所　共同印刷株式会社
製本所　島田製本株式会社

N.D.C.913 79p 22cm ISBN978-4-06-218360-4